내 안에 돌섬 하나 있다

시와소금 시인선 165

내 안에 돌섬 하나 있다

초판 1쇄 인쇄 2023년 12월 26일
초판 1쇄 발행 2023년 12월 30일

지은이 시림詩林동인회
펴낸이 임세한
펴낸곳 시와소금
디자인 유재미 정지은

출판등록 2014년 1월 28일 제424호
발행처 강원 춘천시 충혼길20번길 4, 1층 (우24436)
편집・인쇄 서울시 중구 퇴계로50길 43-7 (우04618)
전화 (033)251-1195(팩스겸용), 휴대폰 010-5211-1195
전자주소 sisogum@hanmail.net
ISBN 979-11-6325-073-9 03810

값 12,000원

・이 책은 강릉문화재단 후원으로 발간되었습니다.

시와소금 시인선 · 165

내 안에 돌섬 하나 있다

詩林 제8집

김영삼 김은미 배인주 한경림 이순남
임인숙 유지숙 안용진 황영순 지은영

(제7집 『꽃이삭 잔털에 머문 햇살』 출판기념회에서)

시와소금

▌시림詩林 연혁

1. 2005~2012년까지 강릉대학교 평생교육원 시창작반(지도교수 이홍섭)에서 공부한 수강생 중심으로 자연스럽게 동아리 만들어짐.

2. 2009년 : 6월 30일 행복한 모루에서 문우회 『詩林』 정식으로 결성, 2013년 11월 28일 강릉세무서에 문우회 『詩林』 단체 등록. (고유번호 226-80-14471)

3. 초대 회장 조수행(2009~2014), 2대 회장 임인숙 (2015~현재)

▌시림詩林 활동 사항

- 2007~2009 : 시화전 3회(강릉대학교)
- 2013~2014 : 시인의 마을 주관 시낭송회 및 세미나 참여 9회
- 2014 : 시인의 마을 주관 「문학콘서트, 시와 가곡의 밤」 참여
- 2014 : (사)교산 · 난설헌 선양회, 시인의 마을 주최 문화 올림픽을 위한 경포호수 누정 문학 기행 및 허균 문학작가상 수상자 문학 콘서트 참여
- 2015~2016 : 시 창작 아카데미 운영
- 2013~2015 : 시림 시 낭송회 5회
- 2015 : 시림 시첩 발간 1회
- 2016.12 : 시 동인지 '시림' 제1집 발간 및 출판기념 시 낭송회(5회). 강릉문화재단 후원금으로 제작
- 2017.12.27 : 시 동인지 '시림' 제2집 발간
- 2017 : 강릉독서 대전 행사 참여 「세상의 책 in(人)강릉」저자와의 대화 주관

- 2018.11.18 : 시 동인지 '시림' 제3집 발간
- 2019.11.18 : 시 동인지 '시림' 제4집 발간 및 출판기념 시 낭송회(6회). 강원문화재단 후원금으로 제작
- 2020.12.20 : 시 동인지 '시림' 제5집 발간. 강릉문화재단 후원금으로 제작
- 2021 : 시 동인지 '詩林' 제6집 『호박잎 우산을 쓰고』 발간. 강릉문화재단 후원
- 2022 : 시 동인지 '詩林' 제7집 『꽃이삭 잔털에 머문 햇살』 발간
- 2023 : 시 동인지 '詩林' 제8집 『내 안에 돌섬 하나 있다』 발간. 출판기념 및 시낭송회(8회). 강릉문화재단 후원

▌회원 시집 현황

- 2017. 03 신효순 시집 『바다를 모르는 사람과 바다에 갔다』 시인동네
- 2017. 06 김영삼 시집 『온다는 것』 달아실
- 2017. 09 홍경희 시집 『기억의 0번 출구』 한국문연
- 2017. 10 황영순 시집 『당신의 쉰은 안녕하신지요?』 시와반시
- 2017. 11 한경림 시집 『결』 밥북
- 2019. 12 임인숙 시집 『몸은 가운데부터 운다』 달아실
- 2021. 11 이순남 시집 『버릇처럼 그리운 것』 달아실
- 2021. 11 유지숙 시집 『698번지, 오동나무 뿌리는 깊다』 글나무

| 차례 |

▌시림詩林 연혁

▌초대시

▌회원작품

| 초대시 |

이홍섭

호박
사리

1965년 강원도 강릉출생. 1990년 《현대시세계》를 통해 시인으로, 2000년 문화일보 신춘문예를 통해 문학평론가로 각각 등단. 시집으로 『강릉, 프라하, 함흥』, 『숨결』, 『가도가도 서쪽인 당신』, 『터미널』, 『검은 돌을 삼키다』 등과 산문집 『곱게 싼 인연』 출간. 시와시학 젊은 시인상, 시인시각 작품상, 현대불교문학상, 유심작품상, 박재삼문학상, 강원문화예술상 등 수상.

| 초대시 |

호박 외 1편

아픈 몸 이끌고 찾아간 시골 약국 담벼락 아래 호박이 실하다

이 세상을 다 쌈 싸 먹어도 남을 것 같은 너른 호박잎이며
이 세상을 다 밝히고도 남을 것 같은 노란 호박꽃처럼 살지 못한 삶이 비루하다

호박처럼 펑퍼짐하게 살지 못한 삶이 애틋하다

어머니가 꾼 태몽이 들판에서 누런 호박 하나를 딴 것이라는데
내 불효의 넝쿨은 사방팔방으로 뻗어가 끝이 보이지 않는다

사리

하늘에서 내려온 사리를 봉안한 낙산사공중사리탑 탑비의 비문에는 사리의 신묘함을 기술하면서 먼 옛날 한 여인의 가슴에서 나온 사리 이야기를 예로 들고 있는데, 탑을 참배할 때면 정작 하늘에서 내려온 사리보다 이 여인의 가슴에서 나온 사리 이야기가 더 가슴을 저미는 거라. 이 여인은 배를 타고 오가는 상인과 정을 맺었으나 뜻을 이루지 못하고 병들어 죽었는데 화장을 하고 나니 가슴에서 배에 올라탄 형상을 한 푸르고 빛나는 구슬이 나왔던 거라. 뒤늦게 도착한 상인이 그녀의 아버지에게서 이 사리를 건네받고 하염없이 눈물을 흘렸는데 그 정인의 눈물이 닿자 사리는 그제야 부서져 내렸던 거라. 지금으로부터 사백여 년 전, 낙산사 하늘에서 내려온 영험한 사리를 봉안하며 세운 탑비에 굳이 이름 모를 한 여인의 가슴에서 나온 사리 이야기를 새긴 분의 가슴에는 어떤 형상의 사리가 자라고 있었던 건지, 이 이야기에 합장하는 내 가슴에는 또 어떤 형상의 사리가 자라고 있는 건지.

| 초대시 |

임동윤

가물가물
마지막 울음

1968년 강원일보 신춘문예 당선. 시집으로 『연어의 말』, 『나무 아래서』, 『편자의 시간』, 『사람이 그리운 날』, 『숨은 바다 찾기』, 『풀과 꽃과 나무와 그리고, 숨소리』, 『고요의 그늘』, 『야만의 습성』 등 18권. 녹색문학상, 수주문학상, 김만중문학상 등 수상.

가물가물 외 1편

빗줄기 속 어머니는 저 먼 모퉁이에서
지워지는 저녁처럼 서 계셨고
마치 돌아갈 길이 그린 듯 가깝고
승냥이도 호랑이도 아무렇지 않다는 듯이

그렇게 서 계셨고

이슬비에 젖은 나무들도 그 옆에서
서로 손 맞잡고 서 있었고
기다리는 한밤의 막차는 아직 멀었는데

기적 없는 기차역에서 바라보는 나와
박힌 돌처럼 먼 모퉁이에 서 계셨던 어머니,
나 또한 모퉁이를 버리지 못하고
저물 때까지 우두커니 서 있기만 했네

마지막 울음

장맛비 잠시 그치면
나는 푸른 과즙이 넘쳐나는 나무숲으로
이쪽 나무에서 저쪽 나무 그늘 속으로
신나게 날아들다가 종종걸음치다가
저녁이면 불빛 현란한 아파트촌
플라타너스 숲으로 옮겨간다
등나무광장이 울릴 듯이 포효하며
베란다 방충망까지 찾아가
내 마지막 울음을 전달한다

자정 무렵인데도 별빛은 보이지 않고
내 목쉰 울음은
성냥갑 집들이 켜놓은 대낮 같은
불빛 속으로 마구 빨려들어 간다
내 생애가 조금 연장되었다는 듯이
초록 잎새가 노랗게 변할 때까지
너를 부르며 마지막 눈을 감고자 한다

빛이 밝아도 찾아갈 길을 잃을까 싶다

그래, 나는 울음을 그칠 수가 없다
이 여름밤은 너에게 잊히지 않으려고
쏟아붓는 빗줄기와 열대야 속에서도
울음이 잦아드는 목울대를 한껏 뽑아본다
직립의 벽에 머리를 처박기도 한다
너를 부르다가 내 목소리를 잃어버린 밤
불빛 한가한 등나무 그늘로 날아가
바람 소소한 고요 속에서
내 마지막 울음으로 너를 부르고 있다

| 초대시 |

이구재

주문진 해안도로
팔월

1979년 《시문학》지에 서정주, 문덕수 님의 2회 추천으로 등단. 시집으로 『주문진 항』 외 여섯 권. 강원문학상, 관동문학상, 한국현대시인상, 허난설헌시문학상 등 수상. 한국문인협회, 강릉문인협회 회원, 한국시문학문인회 지도위원, 강원문협 자문위원, 관동문학 이사, 갈뫼회원.

주문진 해안도로 외 1편

저 바다 위로
봄이 왔다 가고
여름도 지나간 후

녹슨 빛깔이 기웃거리면
모진 바람에
등 떠밀려 언덕배기
좁은 골목길 오르는 사내 뒤로

같이 가자고
같이 가자고
깨지고 넘어지면서
파도가 따라온다.

팔월

팔월 첫날의 햇볕이
익을 대로 익은
고추를 노려본다
바람도 붉게 불어와
잠자리 날개를 빨갛게 달구고
매미 소리도 뜨겁게 짙어진다

뭉게구름 온종일 떠돌던
하늘은
어스름 저녁에 붉어졌다

땡볕에 공 차던 아이들 웃음 소리도
빨갛게 여물어 간다.

| 초대시 |

김남권

서부시장 가는 길
밑의 사회학

1994년 동인지 『하얀 목련을 위한 기다림』을 출간하며 문단 데뷔. 2015년 월간 《시문학》 신인우수작품상 수상. 시집으로 『천년의 바람』 외 다수. 동시집으로 『선생님 복수타임』 외 다수. 그림동화 『진주 연못의 비밀』 외 다수. 시 낭송 이론서 『마음치유 시낭송』 외 다수. 이어도문학상 대상, 강원아동문학상, kbs창작동요대회 노랫말 우수상 등 수상.

| 초대시 |

서부시장 가는 길 외 1편

그녀의 허리는 굽은 지 오래되었다
이[齒]는 강물 속의 별을 따라갔는지 소식이 없고
입술은 촘촘한 실개천을 끌고 와 빈 웅덩이에
바람 소리만 적셔두었다
무엇을 더 먹을 수 있을까
얼마나 더 먹어야 저 고요한 호수는 메워질까
태초에 은하수가 태어났던 곳
태초에 세상의 탯줄로 가득했던 곳
이제는 심장 소리마저 천천히 들려오는
가슴을 열어 마지막 음표를 내려놓는다
인도 위에 좌판을 펼쳐 놓고
옥수수 밤 더덕 호박잎 풋고추 깻잎을 파는
할머니들 앞을 무심하게 지나간다
저 고개를 넘으면 다시 돌아올 수 있을까
저 하늘가를 지나가면 노을을 다시 볼 수 있을까
보도블록이 그녀의 신발에 끌려가느라
고양이 울음소리를 내고

허리 굽은 바람이 따라왔다
파시를 준비하는 시장 사람들이 무심하게
보자기를 덮고,
구월의 저녁은 배앓이를 시작했다

밑의 사회학

밑을 보지 않은 사람은 불편하다
처음 누군가를 만나면 위만 보여준다
하늘과 가장 가까운 곳에 힘을 주고
장식을 하고 단장을 한다
그러다 가까워지면 손을 잡고 입을 맞추고
밑을 보여준다
살아가는 일이란 결국 밑으로 시작해서 밑을
보여주는 일이다
살아가는 동안 가까운 사람의 밑을 보지 않았다면
슬픔을 모르는 사람이다
강물도 흐르다 밑을 보여줄 때가 있다
사랑하는 사람도 살다가 밑을 보여줄 때,
그 밑을 보고 살아갈 힘을 얻는다
밑을 보아야 사랑이 완성된다
나무가 밑을 드러내며 옮겨질 때
실오라기 하나 걸치지 않은 채 산을 넘고
강을 건너도 당당한 건

밑이 부끄럽지 않기 때문이다
땅콩은 밑을 보여주는 게 부끄러워
방을 여러 개 만들고 방 속에 또 방을 만드는 것이다
위만 보며 살다가 위를 다친 사람들이
밑을 보이며 떠나간 일은 이제 용서하기로 한다
밑져야 본전이다

| 회원시 |

김영삼

게락 외 9편

성난 황소 목덜미처럼 출렁이는 흙물이 징검돌을 뱃속 깊숙이 삼켜버렸다

개울 이쪽 아이들은 학교에 갈 수 없어 발을 동동거리면서도 내심 좋아했고

개울 저쪽 아이들은 학교에 갈 수 있어 책보를 흔들면서도 한편 부러워했다

평온한 마을을 두 쪽으로 쩍 갈라놓고도 성에 안 찬 개천은 울그락불그락

'잘 놀아—'

'잘 갔다 와—'

이십 리 산길을 걸어 바삐 학교에 갈 아이들이 손나팔 인사를 먼저 건넸다

입관

하얀 수국 같은 종이꽃이 관 가득 빼곡 피어 있었다
반듯이 누운 어머니는 깡마르고 빳빳한 북어 같았다
들어서 꽃밭으로 모시는데 너무 가벼워 눈물이 났다
특별 서비스란 장의사 말에 허리 굽혀 두 번 절했다
자그마한 등 밑으로 손을 넣어 보니 폭신폭신하였다
그게 좋았다 그 어떤 것보다 그게 좋아 맘이 놓였다
생전에 못 드린 노잣돈은 몰래 허리춤에 꽂아드렸다

날개

'옷이 날개다'
이 말은 옷이 좋으면 사람이 한층 돋보인다는 뜻이다
사전적 의미다

'옷은 날개다'
이 말은 옷이 정말 사람의 날개란 뜻이다
사실적 의미다

팽팽한 빨랫줄 같은 가을 아침
흰 셔츠를 널다 알았다
줄에 걸어 놓은 옷이
접은 나비 날개란 걸

저 날개가 바람에 너풀거리며
무거운 몸을 달고 꿀 찾아다녔다

저 날개가 없이는

코스모스 들길도 갈 수 없다는 걸 알았다

날개를 떼어 놓으니
오도가도 못하는 몸뚱이가 덩그러니 있다

이해할 수 없는 이해

나는 너무 많은 이해를 하고 살았다

어느 날, 느닷없이 집안 곳곳에 부적처럼 나붙은
빨간 딱지를 이해했고
공납금을 안 냈다고 집으로 내쫓는
창 많은 학교를 이해했다

아버지는 집이 있어야만 가장이지만
어머니는 집 없이도 가장이라는 걸 이해했고
국수 한 다발과 단칸방의 어둠이
다섯 식구 일찍 잠재우는 자장가란 걸 이해했다

서른 번도 넘는 이사를, 뿔뿔이 흩어진 가족을
번번이 돌아서는 여자들을 이해했다

때로는 도저히 이해할 수 없는 것을 이해했다
따뜻한 남쪽에서 희한한 일들이 벌어졌을 때도

삭발하고 머리띠 두르고 거리로 뛰쳐나갈
용기가 없어 침묵했고, 침묵하는 나를 이해했다

이해가 사는 길이고, 살아남는 길이라고 이해했다
이해가 가해가 되는 줄도 모르고
이해하다가
이 해가 다 가는 줄도 모르고

나는 그동안 너무 많이 해이하게 살았다

꽃의 가출

빈집 뜨락 목련나무 아래
떨어진 꽃잎이 어지럽다

어디로든 도망가고 싶어 하는 발자국 같다

가출을 결심하고 어둡기를 기다리던 사춘기처럼
나무 아래서 서성거리는 발자국

차마 첫발을 떼지 못해
제자리서 맴돌고 있는 소심한 심장을 위해
등을 떠밀어 결행을 도와주듯

싸리문까지 보폭 너비로 꽃잎을 깔아 주었다

숫눈길을 걸어간 듯
선명한 길이 트이자

오래 망설이던 발자국이 우르르 몰려나갔다
간간이 붙어 있던 시든 잎도 마저 따라갔다

어쩌나, 집 나간 저들이 영영 돌아오지 않으면
캄캄한 집에서 목련나무 어쩌나

혼잣말

왜, 배롱나무는 늙어서도 멋있는 줄 아나?

이렇게 양분을 주니 그렇지
거나하게 취한 친구는 나무 옆에서 부르르 몸을 떨고

(홀딱벗고 싹 다 보여주기 때문이지)
누가 듣든 말든 혼잣말로 중얼거리고

어때, 내가 더 멋있지?
나무에 기대 한쪽 다리를 꼬던 이순(耳順)이 휘청거리는데

나는 가까스로 팔을 부여잡고 또 혼잣말한다
(그래, 우리는 평생 개폼만 잡다가 멋도 모르고 가는 거지)

먼 이웃

대관령 너머에서 문자가 왔다
—첫눈이 엄청 와요, 강릉도 많이 오는지요?
—이쪽은 먼지가 펄펄^^
한쪽은 눈이 너무 많이 온다고 난리고
한쪽은 너무 오래 가물었다고 법석이다
서로가 난리법석인데 관심이 다르다
서로서로 무관심이다
소식을 전할 길이 없던 먼 옛적엔
이웃 동네 사정이야 알 길이 없으니
동네일이 다 세상일이라 여겼으리
폭설이 와도, 가뭄이 들어도
세상이 온통 야단법석이라 생각했으리
모든 근심이 모두의 근심이었으리
빠른 소식이 높은 고개를 넘어와서
빠르게 이웃 사정이야 환해졌지만
빠르게 빠르게 관심은 깜깜해졌다

눈물, 눈물

1.

눈물 많은 내가
슬픔 많은 땅에서 살다 보니
눈물샘이 말라 바닥이 드러났나 보다
크나큰 슬픔에도 눈물이 나지 않는다
노란 유채꽃이 지고, 붉은 철쭉이 피어나도…
눈물이 마르니
샘 바닥에 불쑥불쑥 드러난 주먹돌처럼
쓸데없이 분노가 치밀어 오른다

2.

눈물 많은 내가
감동 없는 땅에서 살다 보니
눈물샘이 가득 차 철철 넘치나 보다
자그마한 감동에도 눈물이 난다
색종이로 오려 만든 한 잎 카네이션에도…
눈물이 흐르니

샘 바닥에 반짝반짝 피어나는 은모래처럼
괜시리 잔웃음이 흘러나온다

꿈 이야기

꿈속에서 울다
눈을 뜨니
진짜 울고 있다

오래된 지붕에서 비가 새듯
꿈이 새고 있다

빈틈없이 사는 게 잘 사는 줄 알고
투명 비닐 막으로 둘러싸고 살았는데
면도하다 살짝 금갔나 보다

슬픈 영화가 갑자기 끝나
미처 수습하지 못한 눈물처럼 당혹스럽다

높은 담벼락에 기대 오란비처럼 울었는데
베갯잇만 촉촉하게 젖은 걸 보니
나는 아무래도 꿈속이 더 슬픈가 본대

다행인지
불행인지
모를 일이지만

어디서든 울음은 실컷 울어야 살지
꿈은 다시 돌려보내야 할 것 같아

손등으로 눈가를 훔치고는
가만히 눈을 감고 꿈길 더듬어 본다

때늦은 반성

콧잔등에 팥알만 한 흉터가 생겼다
거울 볼 때마다 눈길이 먼저 가나 그뿐이다
서른이라면 벌써 말끔히 지웠을 것이나
지금은 이순, 그냥 복점이거니 생각한다

머리도 가을 낙엽송처럼 우수수 떨어지더니
마침내 허전한 겨울 숲이 되었다
계절이 바뀌는 건 당연지사라 생각한다

언제부턴가 나는 나에게 너무 관대하다

단지 편하다는 이유만으로
밑단이 헌 옷을 주구장창 입고 다니고
머리칼이 귀를 덮고 수염이 열흘 자라도
깎지 않는다, 그래도 불평이 없다

언제부턴가 내 몸도 나에게 너무 관대하다

나도 나에게
양말 색깔까지 세심하게 신경 쓰던 적이 있었으니
너만 바라보며 살던 때이다
이제는 나만 바라보고 사는 때

하지만, 너무 쉽게 나를 막 대하는 걸 보면
나는 아직도 나를 위해 사는 게 어려운가 보다

• **김영삼** _ 2011년 강원일보 신춘문예 등단. 시집으로 『온다는 것』이 있음.

| 회원시 |

김은미

슬픔에게 외 9편

홀로 홀로 홀로 하다가
나 홀로 설 수 있는 날이 오겠지

잊어 잊어 잊어 하다가
정말 잊을 수 있는 날이 오겠지

사람의 일이란 한 치 앞을 알 수 없어서
설마 설마 하다가도 닥쳐버리고

너를 만나고 싶지 않았던 그 날은
설마가 사람을 잡고, 인생을 잡고
나를 붙잡고 너를 붙잡았다

오도 가도 못하는 너와
잠들지 못하는 나
이제는 그만 너를 포기하고 싶다

너를 죽도록 미워하다가
홀로 홀로, 나 홀로 있음을 알게 되면
드디어 네가 떠난 날이 온 게지

우리 이제 이별하자

선택

늦가을 오후,
물들어가는 가로수 길을 걸었습니다

그때 당신이 내민 손을
낙엽인 듯 모르는 척 잡았더라면
지금 어떤 길을 걸어가고 있을까

가을 햇빛이 가득한 당신의 옆구리에
풀벌레 되어 바짝 다가섰다면
지금 어떤 노래를 부르고 있을까

한껏 콧대를 높인 채
양손 가득 도도함을 움켜쥔
나의 두 손을 펼쳐주려 했던 당신을 기억합니다

하지만 당신의 곁 1미터는
결코, 넘을 수 없는 선이라 여기고

움켜쥔 손을 꼭 잡고 총총 걸었습니다

가로수 그 길 끝자락
1미터의 거리를 추억하며
지금 이 길을 걸어가고 있습니다

길 끝에서 떠나보냈지만
다시 길 끝에서 망설일 때면
당신, 생각납니다

시간

너의 눈이 나를 따라다닌다

종일토록 나의 손과 발을 따라오고
밤이 되어서도 너의 눈 안에
나의 몸을 가둔다

한밤이 되어 긴 꿈을 꾸는 동안에도
떠나지 않는 너의 시선에
온몸이 달아오른다

너의 숨결이 지나가고
너의 향기가 스며들고
짧은 만남이 긴 강물처럼 흐르다가
자취도 없이 사라지지만

늘 그렇듯이
길던 꿈이 짧게 끝이 나고

이불을 개어 올린 창가에 아침이 찾아온다

새로운 아침,
모닝커피를 마시는 나의 입술을 훔쳐보며
한시도 눈을 떼지 않는 너는 나를

감시하는 것인가
사랑하는 것인가

어름사니

구름과 어깨를 나란히 합니다
두 눈에 세상을 담습니다
영혼의 길이 만큼 늘인 줄을 탑니다

때론 길기도 하고 때론 짧기도 해서
어느 날은 아슬하니 저편에 겨우 닿기도 하고
어느 날은 쉽게 건너기도 합니다

길고 느슨하다 줄을 탓해도
줄은 그저 묵묵히 내 발을 기다립니다
재주는 나의 것이 아니라 줄의 것입니다

어제는 꽃비가 내렸습니다
오늘은 구름이 높아 보입니다
내일은 당신이 맑기를 바랍니다

날마다 다른 당신을 맞이하는 자세로

높이와 길이에 맞게 껑충 뛰어올라 봅니다

당신이 내 영혼의 길이임을
잊어버리지 않으면, 아마도
살아갈 수 있을 것입니다

노부부

바람이 시간을 치고 지나가는 사이
내 몸은 닳아 낡은 의자가 되었습니다

몸 한쪽이 기우뚱거려
당신이 앉아있는 동안에는
온몸에 듬뿍 힘을 줍니다

잠시는 버티어보지만
점점 기울어 갑니다

조금이라도 단단한 쪽으로
당신이 힘을 빼고
고쳐 앉아 주었으면 좋겠습니다

늘 당신이 편안하게 앉을 수 있도록 하겠다던
맹세는 이제 거짓이 되겠지만
그래도 나에게 앉아 주세요

서로 살며시 균형을 맞추다 보면
함께할 날들이 길어질 것입니다

생각해보니

너를 지우고 사는 것은
두 눈을 붕대로 꽁꽁 동여매고 사는 것

너를 잊고 사는 것은
속을 다 덜어낸 박 같은 머리로 사는 것

너를 생각하지 않고 사는 것은
숨을 쉬지 말고 살아보라고 하는 것

어여쁜 너를 기억하고 생각하고 사는 것만으로도
부족한 이 세상

왜 지우려 하는지
왜 잊으려 하는지
왜 생각하지 않으려 하는지

생각해보니 참 어이없다

너 때문에 산다

꽃 같던 네 모습이
지평선 끝으로 저만치 물러날 때
갑자기 구름 끼고 바람 흔들리더니
폭풍이 너의 향기를 휩쓸어 간다

별빛 속 네 모습이
밤하늘 가득 아롱거릴 때
보일 듯 말듯 흐느끼는 그림자 하나
비틀거리며 걸어간다

름에게
바람이 바람에게
폭풍이 폭풍에게
그림자가 그림자에게 묻는다

왜 사냐고

너 때문에 산다

병실

한결같은 옷을 입고
긴 줄 수갑에 채워진 죄수들이
종이 팔찌를 하고 있다
14472255

간수들은 죄명에 맞는 벌칙을
들고 와서 정해진 시간마다
하나씩 건네주고 간다

죄인이 자리를 벗어나지 않았는지
수갑은 채워져 있는지 살펴보며
알맞은 사은품을 주기도 한다

끼니는 어김없이 챙겨주지만
범한 죄에 따라 차림이 다르다
몇몇 범죄자에게만 선택권이 주어진다

창밖의 하늘이 맑다 흐리다
구름이 지나가고 바람이 지나가는 사이
먼지 같은 죄를 다 털어내고
누군가는 집으로 돌아가지만

털어낼 수 없는 죄를 지은 이는
장기 숙박권을 얻어 여관인 듯
연옥인 듯 하릴없이 지내다가
홀연히 땅으로 하늘로 돌아간다

숨

날마다 날마다 너로 시작한다
날마다 날마다 너로 끝난다

날마다 날마다
나를 일깨우는 너

창문을 열지 않아도 너는 창가에 있고
부르지 않아도 너는 내 노래에 있다

아침이슬 머금은 꽃봉오리로 와서
캄캄한 밤하늘 별로 피어난다

너의 향기에 물들고
너의 빛에 눈멀어
날마다 날마다 꿈꾸듯 너를 만난다

살아가야겠다

살아간다
살아있다

어느 시인

시를 쓰기 위해서는
시를 첫 번째로 두어야 한다는
시인이 있었습니다

오로지 좋은 시를 쓰기 위해
먹고 자는 시간까지도 아끼며
시를 빚어냈습니다

시를 첫 번째로 두다 보니
세상의 아름다움을 무시한 벌로
지옥의 문턱을 넘나들었습니다

시는 완성되어 갔지만
사랑하는 사람들은 괴로웠습니다
시인은 더 괴로웠습니다

죽음 직전의 고통까지 넘어서야만

비로소 쓸만한 시가 된다며
자신을 혹사하던 시인은
많은 글을 쏟아냈지만

쏟아놓은 글들은
미처 그릇에 담지 못했습니다
끝
내

| 회원시 |

배인주

정화靜話 ‖ 돌섬 ‖ 지금 우리는

정화靜話 외 2편

가장 고운 마음은
복사꽃 이름으로
그 속에서 수줍어하며
텅 빈 길을 걷는 일

가장 옹이진 마음은
보고 듣는 것이 소란소란 쌓여
요동치는 심장소리 엷어질 때
엷어진 그 길을 가는 길

가장 순한 마음은
입속 혀 깊숙이 달빛 받아
떨어지는 별들을 위해
타박타박 걸어가는 길

돌섬

수평선 가까이 흑점 하나 보인다고 섬은 아니다
바다를 온전히 품고 있으면 섬인 것이다

지척에 있는 돌섬도 섬이다
외로움을 털어버릴 수 있으면 섬인 것이다

젊은이들은 외로워할 사이 없고
늙은이들은 외로워서 더 외롭고

외로워서
작은 돌섬들은 어깨를 나란히 하고
서로 이웃하고 있는 것이다

늦은 밤, 자꾸자꾸
달이 나에게로 달려들 듯이
내 안에
언젠가부터
작은 돌섬 하나 있다

지금 우리는

200여 년 전
이 땅에 살았던 한 남자
군포(軍布)에 못 이겨
양물을 잘랐다지

옛 선조께서 탄식하며 말하시기를
바라 건데 이 세상사람 그 누구도
다시는 아들을 낳았다 기뻐하지 말라

우리가 살고 있는 이 땅
생계비가 없어 나랏돈을 받고자
호적에 있는 아들 버리고서야 얻은

몇 푼의 쩔렁이는 돈
손에 쥔 것은
노년에 들어 가장 큰 수확

저 골목길 귀퉁이에 집한 채

밥그릇 하나

수저 한 벌

바람에 흔들리나니

* 군포軍布 : 조선시대 조세 제도 중 하나

| 회원시 |

한경림

땅거미 ‖ 창 내고자

땅거미 외 1편

어두운데서는 흐느낌이 잘 보이지 않는다
땅거미 헤집고 앉아있는
길 끝의 안부

춘수낙낙 봄 햇살 퍼지는 달큰 한 사월 다 보내고
어디를 떠돌다가
시월 난달 돌 틈에
실뿌리 내리는 철없는 민들레
너에게서 앓는 소리가 난다

십리 들판 떠돌고 떠돌아
세상의 쓴 맛에도 입맛이 돌아
서러움도 맛이라고
돌아앉아 거친 땅 실뿌리 철사 긁는가
도리뱅뱅 노랑꽃
산다는 건 이렇게 너를 놓지 않는 일이었구나

너에게 며칠의 시간이 남아있는지 모를
마음의 사막

모두들 돌아간 뚝 방에
너 와 나 단둘이 무릎 꿁고 앉아있구나

창 내고자

엄마는 살아계실 때
화롯불을 돋우며
이런 말을 한 적이 있다

나두 잇날에 나 좋다던 늠이 하나 있었지

언제쯤 엄마는 웃을까?
하다가
아 그때 벌써 다 웃어버렸구나
생각했다

팔월 추석이면 삐걱대는 문짝을 떼어내
암돌쩌귀 숫돌쩌귀 꽝꽝 뚜드려 맞춰
백창호지 발라 탱탱 말리고
문고리 옆 국화 몇 송이 달밤에 발끗 피면
그런 밤 엄마는
창 내고자 창 내고자 가슴에 창을 내고

모로 누워 문풍지 소리에 누구를 듣고 있었겠다

이북이 고향인
서러운 아버지 만나 이틀이 멀다 하고 싸우면
그럴 때 우리 오남매는
센 물살에 떠내려가는 오리 떼 같았다

학교 앞 명신사진관에 걸렸던
옥색 저고리 이쁜 엄마
비바람 치듯 싸우고 살았어도
그래도
아버지 어머니 이별 없이 살다 가셨다

| 회원시 |

이순남

가을 산책 ‖ 밤 강물 ‖ 49재 ‖ 천년 같은 하루 ‖ 해바라기 ‖ 따뜻한 기억 ‖ 밤에 우는 매미 ‖ 샤갈의 마을 ‖ 전력 질주 ‖ 낙화

가을 산책 외 9편

가로지르는 넝쿨이 길을 비키지 않습니다.

메뚜기가 날아올랐습니다

시멘트 길에 발자국을 남긴 새는

이쯤에서 날아가 버렸나 봅니다

그대를 보내고 웃는 허탈한 미소 같은

빈 논들이 쓸쓸해 보입니다

연보라색 구절초 한 다발이 피어있습니다

누가 길가에 억새 한 다발을 남겨놓고 갔습니다

그가 다녀간 모양입니다

밤 강물

흐느끼는

소리를 듣는다

무리에서 떨어진 두루미가

캄캄한 모래톱을 서성이고 있다

홀로 인 사람들만

조용히 우는 새 소리를 듣는다

강물이 새 곁에

잠시 머물다 간다

홀로인 사람들의 귀에

물소리가 머문다

외로운 소리가 모여

강은 내내 우는 소리를 낸다

49재

훨훨 잘 탄다.
아끼시던 나들이옷
흰 중절모

차려입은 아버지
녹음 짙은 산을 타고
잘도 올라가신다.

고사리 꺾고 송이 따던
익숙한 길
다리 아프다 않으시고

윤이 나던 호미 괭이
걸어 둔 씨앗들
이제는 필요 없다
손 내저으며 가신다.

어디로 가시는지
가는 길도 지우시고
따가운 햇볕으로
어여 가라 하신다.

천년 같은 하루

포도 넝쿨이 보이는
요양원 창가에 누워
천년 같은 하루를 살아야 할 때

밖에는 새순이 돋고
꽃이 피고
벌이 날아다니고
드디어 포도송이 주렁주렁 달리고

이른 아침을 먹고
양치를 하고
텔레비나 좀 보다가
잠이 들었다가
하늘을 올려다보다가

포도송이가 눈에 들어오면

살아 온 날의 포도알 하나를 꺼내
입에 넣어 보리
입안 가득 달달함을 오래오래
음미하리

지금은
포도 순을 올리고 꽃을 피워야할 때

그날의 하루가 더 길어지지 않게

해바라기

가을비가 며칠째 내립니다

여문 씨가 무거운

해바라기가 고개를 숙이고 있어요

꽃도 잎도 사그러들었네요

땅만 내려다보고 있네요

종일 요양원에서 고개 수그리고

보따리를 풀었다가 다시 싸는 할머니

잠이 들었다가 퍼뜩 깨어

저승인지 이승인지 물어보네요

손에 염주가 돌아가고 있어요

가을날 해바라기 씨앗처럼

할머니 염주도 여물고 있습니다

따뜻한 기억

요양원 사랑관
휠체어에 앉아 어르신은
하루종일 혼잣말을 한다
살아온 기억을 조각조각 잘라
하나씩 꺼내어 중얼거린다
이어지지 않는 문장과 문장 사이
얼마나 많은 시간이 흘렀는지
얼마나 많은 일이 생겼는지
알지 못한다
그녀의 창가 자리에
저녁 어스름이 찾아올 때
사금파리 한쪽같이
그녀의 기억이 반짝인다
고마워 사랑해

밤에 우는 매미

밤에
매미 소리 들린다

다들 떠나가고
홀로인데

자꾸 매미가 운다

밤에 울지 않던 매미가
우는 이유

매미 소리가 귀속에서
맴도는 이유 '

내 안에 나는 없고
매미가 와서 산다

고요하니 매미가

더 크게 운다

샤갈의 마을

저 구름의 구릉을 지나
은하수 강을 건너면

그들이 사는 마을이 있을 것 같아

먼저 가신 할아버지는 암소가 되고
할머니는 농부가 되어
밭을 갈고 이야기를 키우는 곳

홍수로 떠내려간 우리 집과
먼 대로 떠난 이웃들이
다시 모여

동짓날 새벽에는 새알을 줍고
정월 대보름날엔 더위를 파는
남보랏빛 꽃 같은 날들이
개울물처럼 흘러가는 곳

흐르다 흐르다 보면 만나질 것 같은

그리운 마을 샤갈

전력 질주

온다
모퉁이로 버스가 보일 때쯤 뛰어가야 놓치지 않는다
망을 보시던 엄마가 빨리 가라고 소리치고
아버지의 욕바가지가 뒤에서 날라 온다
뛴다
작은댁 감나무를 지나 성주네 논을 지나
논두렁을 건너뛴다
드디어 큰길이다
버스 곁에서 뛴다
갔다
코앞에서 버스가 가 버렸다
먼저 탄 동생이 손을 흔들며 보고 있다
저 버스를 기어코 따라가 동생을
한대 먹이고 싶다

낙화

네 꿈을 꿨다

우리는 늘 붙어 다녔고
이야기는 봄꽃처럼 피어올랐다

어디서도 편하게 오가자던 너가
먼 길을 거슬러 꽃잎으로 왔다

정류장 의자에도
발아래도
분홍빛은 온통 너다

강변길 같이 걷자고
먼저 날라 앞서서 간다

아직,
못다 한 이야기가 있다고

| 회원시 |

임인숙

'이 번호는 없는 번호입니다' ‖ 여일해서 쓸쓸하다 ‖ 구절초 지는 시간 ‖ 22년 가을은 유난히 길고 이뻤어요 ‖ 겨울과 봄 사이 ‖ 이제야 보입니다 ‖ 고별식 ‖ 나는 오늘도 당신을 만난다 ‖ 고운 새살이 돋겠지요 ‖ 바람 부는 날

'이 번호는 없는 번호입니다' 외 9편

바람결이
명주실같이 고운 날

된장 풀어 끓인
당신 쑥국이 그리워

핸드폰을 들었습니다

물기 없는 손가락에 침 발라가며, 생전 처음이자 마지막으로 읽은, 읽고 읽어 닳고 해진 맏딸 첫 시집 아직도 읽고 계신가요

'엄마' 하고 부르면 읽던 시집 덮고 몸 돌려 안경 너머로 날 보시던, 도통 뭔 말인지 알 수 있어야지, 구시렁구시렁하면서도 머리맡에 두고 시도 때도 없이 읽으시더니,
거기서도 읽고 계시는지

그 눈빛

그 타박 그리워

핸드폰을 들었습니다

차마 번호 누르지 못하고 눈가만 누릅니다

여일해서 쓸쓸하다

한 여자가 죽었다

여자이고 싶었지만
여자가 아니었던 여자

오직
집사람으로
어미로만 살았던 여자

그 여자가 죽었다

갈걷이 끝난 들녘
청둥오리는 여일하게 낟알을 쪼고
바람은 늘 그랬던 것처럼 갈대를 울린다

그 여자 새끼도
아무렇지 않게 밥을 먹는다

구절초 지는 시간

그 시간
당신이 지고 있는 줄도 모르고

전망 좋은 카페에서
커피를 기다리고 있었습니다

구절초 잎차례 사이만큼
우리 시간은 늘 어긋났고
사랑은 더 자주 비껴갔습니다

서둘러 숟가락 놓고 먼 길 떠난 당신

커피를 마실 때마다
구절초 향이 목에 걸립니다

22년 가을은 유난히 길고 이뻤어요

당신을 보내고 나서야
세면대에 두고 간 당신 틀니를 봤어요

무엇이 그렇게
급해서
틀니조차
챙기지 못하고 서둘러 떠나셨을까요

당신이 떠난 가을은
유난히 마른 풀빛이 고왔어요

그 풀빛
그리움인 줄 모르고

가을 끝자락을 당신이
잡고있는 줄도 모르고

풀빛에 취해
그 긴 기다림을 알지 못했습니다

이별을 준비하지 못했습니다

때마다 들썩이던 틀니
때맞춰 바꿔드리지 못한 틀니

터져 나오는 울음이 무색해
수도꼭지를 크게 열었습니다

겨울과 봄 사이

입동 지나
동지도 한 참 지났는데

마른 풀 속에 초록이 살고
마른 꽃잎 속에는 꽃눈이 산다

가는 것과 오는 것이 같이 산다

그 사이
어디쯤에는 설렘보다
더 긴 슬픔이 살기도 한다

이제야 보입니다

귀 어둡고 눈 어두워
기척을 알아채지 못하고
휠체어에 웅크리고 앉아 창밖만 보고 있던 당신

겨울 해는 짧아
놀이터 아이들은 일찍 떠나고
가로등이 제 그림자 내려다보는 시간

당신의 등을 덮고 있던 적막 열두 폭

평생 마당 딛고 살던 당신이
20층 거실에서 내려다본 벼랑
두려움 천 톤 그 무게를 이제와 헤아린들

솔잎 새움 돋는 봄이 온들

무슨 소용이 있겠습니까

겨울 속으로 떠난 당신

고별식

밤새워 모시 삼듯
한 생을 외로움으로 삼으시더니

당신은 이제 해방되셨습니다

혹여 세상 궁금하더라도

꽃 필 때 꽃바람으로
빈 들녘 쑥부쟁이로
산책길 새벽이슬로

그렇게라도 세상에 다시 오시지 마세요

당신은
이 세상에 어울리지 않아요

여자도 엄마도 아닌 아기로

성모마리아 품 안 어린 예수처럼

사랑 안에서 사랑만 삼으시기를

나는 오늘도 당신을 만난다

수예점 앞을 지나다
당신 꿈을 만났다

아직 도착하지 않은 꿈은 더 예쁘다

한 올 한 올 설레며 꾸었을 당신 꿈을
십자수로 꼭꼭 묶어 놓은 횃대보

세상에 태어나서 제일 먼저 본 그림

밤새워 한 땀 한 땀 옮겼을 당신 꿈이나
한 세대 늦은 나의 꿈이 별반 다르지 않다

운전 조심해라
끼니 거르지 마라

애면글면하는 모습이나 말투까지
외할머니와 똑같다고 타박하는 아들 보며

끝없는 잔소리
사랑, 사랑가인 줄 알면서도
오만방자하기만 했던 나를 만난다

가슴 시린 당신을 만난다

고운 새살 돋겠지요

쉬어 간 듯 자박자박 누워있는 갈대 흔들리고 있는 마른 풀꽃, 그럴 리야 없지만 당신이 지나간 듯 해서, 애기부들 솜털이 당신 은빛 머리카락처럼 빛나는 물모이가 마른풀 속을 걸었어요 도깨비바늘이 달라붙고 있는 줄도 모르고

멀리 보이는 당신이 반가워 뛰어가다 자빠져 옴팡지게 깨진 무릎, 그 무릎 안고 악 소리도 내지 못했던 적이 있지요 무색하기도 했지만, 왠지 억울하기도 했어요 달려 온 당신 품에 안기고 나서야 터지던 울음, 악쓰고 울고 나면 아픔이 서러움이 가셨는데 당신이 호 호 불어주던 자리는 며칠 후 딱지 앉고 고운 새살이 올라왔는데

기미도 없이 떠난 당신

느닷없는 이별에 옴팡지게 깨진 마음은 눈물도 소리도 죽여 안으로 묻어둘 수밖에, 안아주는 당신도 호호 불어줄 당신도 없고, 슬픔은 파고드는 도깨비바늘을 닮아 한꺼번에 쓸어내릴 수 없어요, 어거지로 쓸어내리면 더 깊숙이 박혀

바람 부는 날

몸은 기억한다

등 둥글게 말고 몸의 무게를 몰랐던 그때
둥근 물속 그 따스한 아늑을

바람 차고 사는 게 무거운 날

아득한 아늑이 그리운 날

애벌레처럼 등 둥글게 말아 이불 속에 묻고
'엄마' 하고 불러본다

| 회원시 |

유지숙

웨딩드레스 ‖ 삶 ‖ 물처럼 흐른다지 ‖ 별리 ‖ 사는 동안 ‖ 난간 없는 계단에 서서 ‖ 폴라리스 ‖ 태양이 그늘을 미는 동안 ‖ 등꽃

웨딩드레스 외 9편

봄이 부르는 게
어디 꽃뿐이랴

차곡차곡 쌓아 올린 시간의 탑
파스텔톤 계단에
차곡차곡 메모를 한다

말로는 표현하지 못하는
곁에 없어도
사방에 향기 나는

스물다섯과 서른 살의 눈금이
멀어졌다 가까워지는 밀당의
길 위에서

말문 열며 같은 곳을 바라~ 봄

삶

주어진 환경에서
노동의 대가로
세끼 밥 먹으며
가해자가 되거나
피의자가 되지 않고

뚜벅뚜벅 걸어가는

물처럼 흐른다지

살아가는 것이
물과 같다지

작은 계곡으로 시작되어
길을 따라 흐르고 있지

다른 물과 만나
같은 물길을 만들고
바다로 가는 길이라 믿는다지

도랑물도 되었다가
폭포가 되기도 하고
물보라 안개 속에서
앞이 보이지 않는다고
소리내어 우는 일도 있겠지

울고 또 우는 동안

칼칼한 바람이 안개를 베어주면
강이 보이는 기쁨도 있겠지

사람도
손잡고 물길 따라 걷다 보면
함께 폭죽을 터트릴 때도
어깨를 두드려 주기도 하겠지

방황이 방향이고
방향을 따라가며 길을 찾게 되는거지

좌충우돌하며 행간을 건너
웃음 터뜨리며
바다에서 태양을 품겠지

별리
— 어느 돌싱 이야기

매일 밤 웃음 꽃다발을
한 아름씩 안기는 너에게
입술과 심장 모든 것이 스캔 되고
신대륙을 꿈꾸었다

별것 아닌 일로 푸른 바람의 손이
파이터가 되던 날
눈두덩이 멍이 들고 고막이 찢어지고
서른 번째 생일에 받아 걸어 두었던
드라이플라워를 바닥에 깔았다

울지 않으려고
너와 함께 부르던 목소리
스팸처리하던 날

어둠이 내린 문밖 이정표에는
방향 표시가 없다

발목을 적시는 꽃자리에 누워

눈에 고인 물로 꽃술을 담그고 있다

사는 동안
— 어느 기사를 읽고

아이는 낳고 싶은데
결혼이라는 전제가 불편함이라는데

모르는 사람과 만나
심장을 달구고 차갑게 등을 보이고
멀어지는 것을 아무렇지 않게
생각하는 사람

부부가 오랜 시간을 살아가면서
즐겁고 행복한 일만 있지는 않겠지
할 일이 반으로 줄어들 때도 있지만
아이 때문에 하나가 되기도 하지만
남이 되기도 한다

바람불면 어깨를 감싸 주려니
비가 오면 옷깃이라도
머리에 씌워 주려니

그런 기대로 기대겠지만
기대는 기대뿐일 때도 있더라

별이라도 따다 줄 것 같았고
매일 매일이 눈부실 것만 같았겠지

때로는 에곤실레 초상화 같기도 한 것이
사람 살아가는 일 아니겠나 싶은 날이다

난간 없는 계단에 서서

철제 계단 앞에 서 있다
난간이 없다
반드시 올라가야 한다

계단은 넓고 나지막하여
안정적으로
한 계단씩 차근차근 오를 수 있다

숨 고르기를 수십 번
천천히 오르고 있던 어느 날
칠십 번째 계단 위에서
세차게 비바람 몰려왔다

바람에 계단이 휘청거린다
더 올라갈 수도 내려갈 수도 없는 곳
곤두박질칠 수 있다는 두려움에 떨며
나는 계단과 단단한 하나가 된다

계단을 오르지 않았다면
바람은 없었을까

계단에 엎드린 채 천국과 지옥을 오가며
손거울을 본다
계단을 오르며 그렸던 무늬들
파노라마로 스친다

어디선가 가늘게
종소리 들려오고
하늘에는 아기 잇몸 같은 구름
군데군데 떠 오고
다시 심호흡하고 있다

폴라리스

계절이 바뀌어도 길잃은 자
별자리로
길을 찾을 수 있는 것처럼

등대였고 별자리였던
너는 나에게
나는 너에게
듣고 싶고 하고 싶은
말이 있었는데

꽃나무들의 행진으로
한창 흥겨운 잔치길에서
밀리고 밀리며 벗겨진 신발
보도블럭이 움켜쥐고 방황하던 밤

너는 한쪽 신발을 하늘에 걸어 두고
시간을 찍어내는 내 가슴에는

수천수백 개의 못이 박히고

네 말이 봉인된 이태원 골목
잃어버린 신발을 찾으려고
오늘도 나는 절름발이로 서성거린다

태양이 그늘을 미는 동안

삼십 도를 넘나드는 태양의 열기에
마당이 화상을 입고 하얗게 질려있다
지렁이 수십 마리
자음 모음의 비애로 누워있다

비가 많이 오면 숨을 쉬러 밖으로 나온다는데
그들이 바깥으로 나온 이유는 뭘까
이 더운 날
땅속 집이 태양에 경매되었나
가족이 밖으로 나와 미라가 되었다

모녀가 스스로 목숨을 내려놓았다는
어제 신문 사회면 기사에
있는 거라 곤 우편함에 쌓인 고지서와
쌀통에 남아 있는 몇 알의 쌀
비탄의 풍경을 생각한다

차에서 뿜어내는 열기에 숨이 턱 막힌다
지렁이처럼 집이 경매되어
살려고 나왔던 땅은 열판인 줄 모르고
어디에도 기댈 수 없었던 모녀는
이 세상보다 저세상이 더 좋을 거라고
믿었던 것일까

보이지 않는 심장이 말한다
조금만 더 눈을 크게 뜨라고
쉬운 것만 하지 말고
땅의 온도와 사람 생각하는 사람 편이 되라고

등꽃

초음파 사진 들고 환하게 웃는
딸내미와 졸지에 할머니가 된 나는
기쁨이 가득한 얼굴로 서로 바라본다

시간이 지나면서 봉긋이 솟아오른
만삭의 그 모습이 천지를 다 가진 듯
세상이 온통 무지개 다리가 되었다고

사원소 충전하고 가꾸고 가꾸면서
드디어 기다림의 꽃대를 밀어올려
우주의 등불꽃 되는 빛이 되게 하였네

| 회원시 |

안용진

하얀 나비 · 1 외 5편

가래 끓는 소리에 눈을 뜬다

고통을 이기지 못해
혀를 끝까지 말아 내민 그녀

흔들어 봐도 더 세게 흔들어 봐도
미동조차 없다

심장 마사지에도 반응이 없어
더 빨리 더 깊이 눌러 본다

갈비뼈 부러지는 소리

밤하늘을 가르는 절규

주인이 떠난 빈집인 듯

그녀 안에는 그녀가 없었다

하얀 나비 · 2

차가운 철 침상에
누워 있는 그녀
조금 부은 얼굴
아주 짙은 화장

가만히 안아 본다
차가운 돌 같다

베옷을 입혀 촘촘하게
무지막지하게 묶는다

그녀가 천천히
관 속으로 가라앉고 있다

폐쇄공포증에도
탈출구는 없고

부정맥으로 뛰는 심장
온몸이 터질 것 같다

나는 밖으로 끌려 나왔다

하얀 나비 · 3

— 49재

하얀 나비 한 마리
오전부터 내 주변을 맴돈다

그녀와 함께 들깨 모종을 넣어
이식해 둔 깨밭, 순 자르기를 하였다

오후에 흰나비 겁도 없이
들깨 물이든 검지 끝에 2분 정도 앉아서
눈썹 같은 더듬이로 여기저기 더듬고 있다

나는 한 손으로 핸드폰 집어 들고
가까이 대고 사진을 찍는다

어깨에 다리에 팔에도
더듬이로 가만가만 쓰다듬으며
여러 포즈를 취하듯 몸을 놀린다

그녀의 평소 버릇처럼
어진 마음, 손에 손 살며시 포개어
따듯한 눈길로 바라봐 주던
그 모습이다

마지막 인사하듯 탁자에 앉아
내 눈을 한참 바라보다
어디론가 떠났다

별명

경기도 여주시 강천면 걸은1리, 일명 긴골
마당 넓고 유난히 따듯했던 면장 집
그곳이 내 유년 시절 안방 같던 놀이터였다
따듯한 흙벽에 등을 대고, 엄마의 입김 같은 햇살에
쪼그리고 앉아 생각에 잠기곤 했다

남산 바라보며 동굴 속 박쥐 아직도 있겠지?
날쌔게 공격하던 그놈들, 발톱이나 부러졌으면
횃불이라도 들고 가 전부 다 쫓아 버릴까
생각도 해보다
동생 똥 먹고 내 얼굴을 핥아 대던 워리
드럽게 그걸 왜 먹을까? 생각에 잠기어 보다가
누나 올 시간이 지났는데
산 아래 꼬부랑 길에는 모습이 보이지 않아
어디쯤 오고 있을까? 걱정도 하는 것이었다
생각은 생각의 꼬리를 물고, 멍하니 앉아 있는
나를 애들은 멍때린다고 '멍때' 라 놀렸다

시간이 지나면서 나는 '멀때' 로 변했고
그 놀림에 울기도 많이 울었다
요즘도 참새 주둥이처럼 잎새가 돋아
꽃다발 같은 산을 보거나
단풍이 들 때면 어김없이 멀때가 되곤 한다

마른 고추

처음 키워보는 고추
바람이 조금만 불어도
톡, 부러질 것 같았던 모종
무던히 내 속을 태웠지

여름 내내
이름도 알 수 없는 병치레에
막걸리 농약 삼아
너도 한 병 나도 한 병
마시며 아픔을 달랬지
내 속은 숯덩이처럼
주머니는 빈 봉지처럼
너는 빨간 단풍처럼 변해 갔지

김장철 마른 고추 손질하다
말라비틀어진 대궁이에 달린
푸르렀던 날의 추억

조금씩 떼 내어

술안주라도 되는 양

찍어 먹고 있다

지금은 운전 중

스산한 가을날
한 방울 두 방울 빗물이 차창을 때린다

하나둘 자동차 헤드라이트 켜지고
바삐 가는 차들

달려갈 이유가 없는 나
횡단보도 앞 여인의 손에 들린
식재료 가득 담긴 장바구니 바라본다

매일 보던 간판이 오늘따라 친근하다

익숙한 아파트 4층 불 꺼진 창 바라보다
차를 되돌려 무작정 안목항으로 간다

조금 더,
살고 싶어 하던 발자국이 남아있는 곳

| 회원시 |

황영순

가을 ‖ 바람 부는 날 배들은 ‖ 용대리의 겨울 ‖ 스며들다

가을 외 3편

1억 오천만 년 전

거대한 발소리를 굴리며 들어간

사우로 포드의 깊고 아득한

늪이다

눈을 감아도 어쩌지 못하고

타오르는

깊고 서러운 늪이다

바람 부는 날 배들은

연승호 옆에 금동호
금동호 옆에 일출호
일출호 옆에 동일호
그리고 옆으로
船, 船, 船

옆으로 옆으로
마주 보며 삐걱대다가
돌아앉아 낄낄대다가
간격을 만들다가
사이를 허물다가

순대 말린 그물도 잊어버리고
떨어져 나간 부포도 잊어버리고
찢겨 날아간 제비도 잊어버리고
삐걱삐걱 낄낄

날 들면 가는 길은 한곳인데

용대리의 겨울

길이 보이지 않는 곳에 한 여자가 울고 서 있다

어두운 명암이 흘러내린다

얼어붙은 산 그림자 속에
여자는 들고 온 말(言)을 묻는다

볼이 시리고 발끝이 시리다

움켜잡은 손 사이로
밑둥만 남은 나무들이 일어나
우우우 지나간다

한계령에서 올라온 흰 눈이
그림자를 밀어낸다

용대리의 겨울 속에 한 여자가
슬픈 풍경화로 서 있다

스며들다

제라늄이 물가자미 냄새를 날린다

입을 모으고 발끝을 세운다
동글동글한 시간들이
눈알을 굴린다

스며들다

소금기를 물고 온 바람이
비린내 물큰한
새끼 고양이의 겨드랑이 핥는다

고양이가 발톱을 세우고 바람을 낚는다

짠 내 가득한 웃음이 흐른다

서로가 서로의 곁을 내주며 살다 보면
때로는 젖어 들기도 한다

| 회원시 |

지은영

신비로운 소요환 ‖ 어머니의 고백

신비로운 소요환 외 1편

감동의 장인 맑은 눈물 세 방울

대나무에서 아홉 번 구워낸 하얀 금 세 스푼

꽁꽁 숨겨 둔 큰 날개 깃털 한 개

퍼내고 퍼내도 채워지는 고봉밥 한 그릇

사부작사부작 내미는 배려의 마음 한 됫박

은은하게 우아한 향기 한 다발

푸른 들판에 넘실대는 바람 한 자락

사뿐사뿐 겸허한 발걸음의 리듬 한 가락

우문현답을 찾으려는 몸부림의 춤사위 한 판

소리 없이 담박한 통나무 태운 재 한 말

뜨거운 열정의 붉은 빛
한 줌

어머니의 고백

머리 위에 큰 판자가 떨어졌을 때 하나도 다치지 않았다 밭을 매다가 뭔가 손에 잡혔는데 물컹해서 얼른 놓았다 독사가 기어갔다 그걸 본 다른 이는 청심환을 먹었고 난 아무렇지도 않았다

노인 복지관에서 화투 놀이를 할 때 영감이 천 원 잃으면 내가 천 원을 따고 오백 원을 잃으면 난 육백 원을 땄다 그러면 영감은 백 원을 목어 저금통에 넣었다 상대방이 크게 패하면 동전 한 웅큼을 세지도 않고 건넸다

주말에는 목어 저금통을 들고 다녀올 곳이 있다고 나간다

누군가 있는 게 분명하다